喬老師
告白語錄

文 喬老師　　圖 両天工作室

目次 CONTENT

節日系列

交通系列

劇場系列

Part 2.

番外篇
喬老師告白打槍語錄

Part.1

喬老師告白語錄

不管單戀熱戀失戀異性戀同性戀雙性戀，
保證一帖見效，藥到病除！

・校園系列　・職場系列　・生活系列
・節日系列　・交通系列　・劇場系列

好多堂課都碰到你喔！

對啊！還有很多要修。

你還差多少學分？

十年修得同船渡，
百年修得共枕眠。

心弦

山谷遊戲

陶醉

你覺得我社團發表的舞練得如何？

都快報警了。

太誇張了吧！倒是說說看
犯了哪條罪？

妳犯了讓人陶醉。

社團

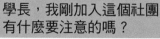

學長，我剛加入這個社團
有什麼要注意的嗎？

不能遲到、定期整理社辦。還有最重要的...
放學後不能跟我以外的男生去吃點心。

因為家裡不准我談戀愛。

那你為什麼沒有女朋友？

深邃

我覺得妳還是戴眼鏡比較好。

為什麼？

妳的眼睛太深邃，我怕
不小心會跌進去。

有流星

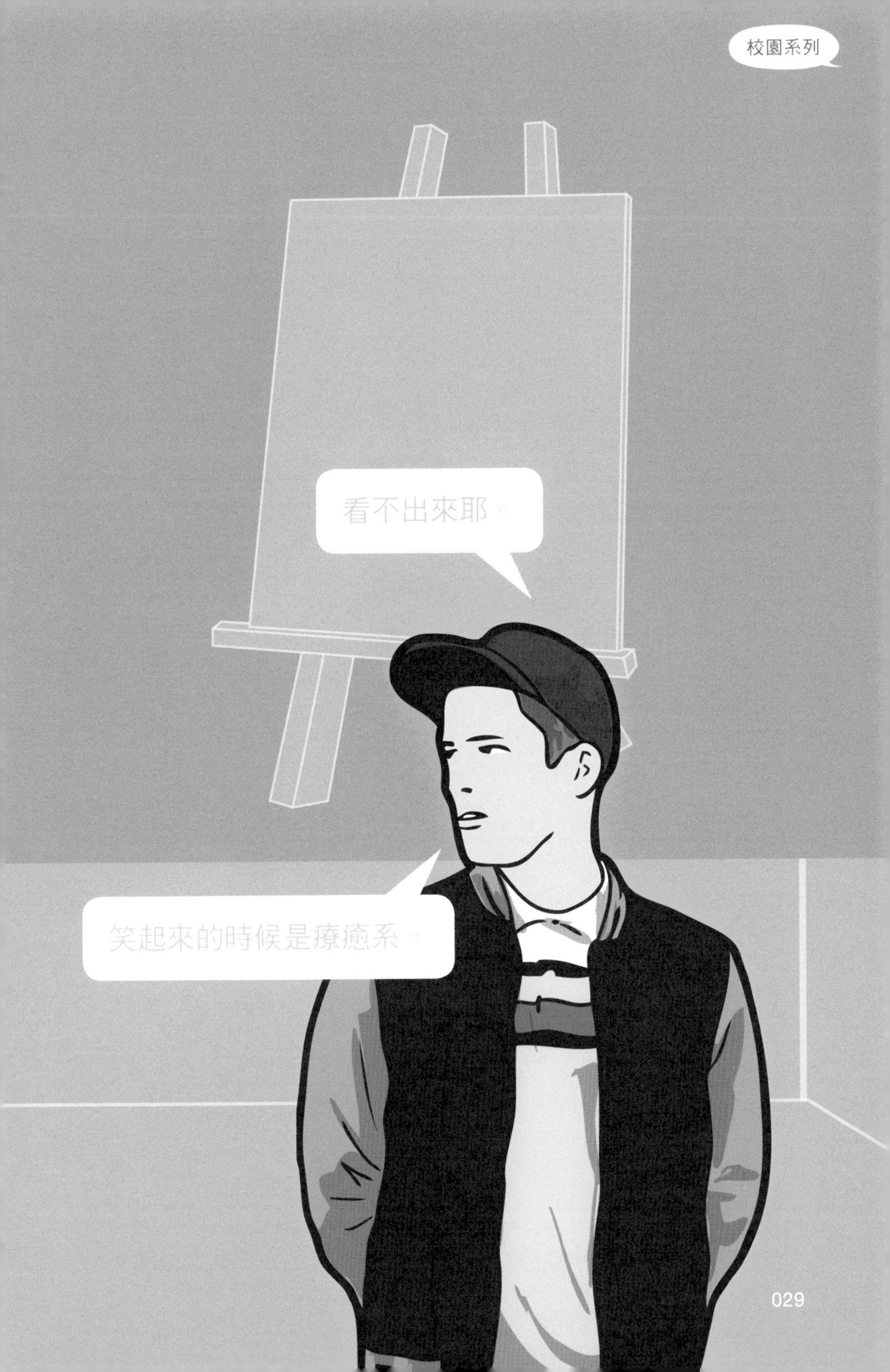
看不出來耶。
笑起來的時候是療癒系。

穿心颱

電影散場

我有點喜歡妳。

對男生來說不會太娘嗎？

但是可以跟妳過一樣的日子啊！

卸貨

所有東西都卸完了嗎?

還差一點!

剩妳的心防。

CHECK IN

報稅

終於報完稅了。

妳男友被課了不少稅吧？

你又知道囉？

因為擁有妳的笑容很奢侈啊！

午餐便當

妳帶的便當也太豐盛了吧！

有喜歡的菜不要客氣自己夾喔。

那我可以夾妳嗎？

有沒有防曬借一下？

妳笑起來太燦爛，
我怕曬傷。

最強的投手最多三上三下，而妳卻總能讓我七上八下。

試吃

今天的味道如何？

有點太濃烈。

怎麼會?我完全沒放味素啊。

那有可能是吃到妳加的情愫了。

你覺得這件好看？還是剛那件好看？

那你覺得黑色還是白色跟我比較配？

妳最好看。

我跟妳最配。

釣蝦

今晚真是大豐收!!

騙人，明明半隻蝦也沒釣到！

但是我釣到一尾美人魚啊。

掉下水

如果我跟妳媽同時掉進水裡你先救誰？

媽媽。

那我呢？

我一直抱著妳，怎麼可能會掉下去呢？

我超擅長的。

妳絕對是我內人啊！

妳的笑容
比正中直球還要甜。

KANO

你最喜歡電影的哪段台詞？

不要想著贏…

只能想著我。

沒關係，至少我還沒有錯過你。

社交舞

減肥計畫

跨年告白

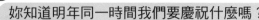
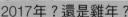

過節

我想我們之間有過節。

是什麼事情？
我不記得跟你有過節。

可是我想跟妳過情人節。

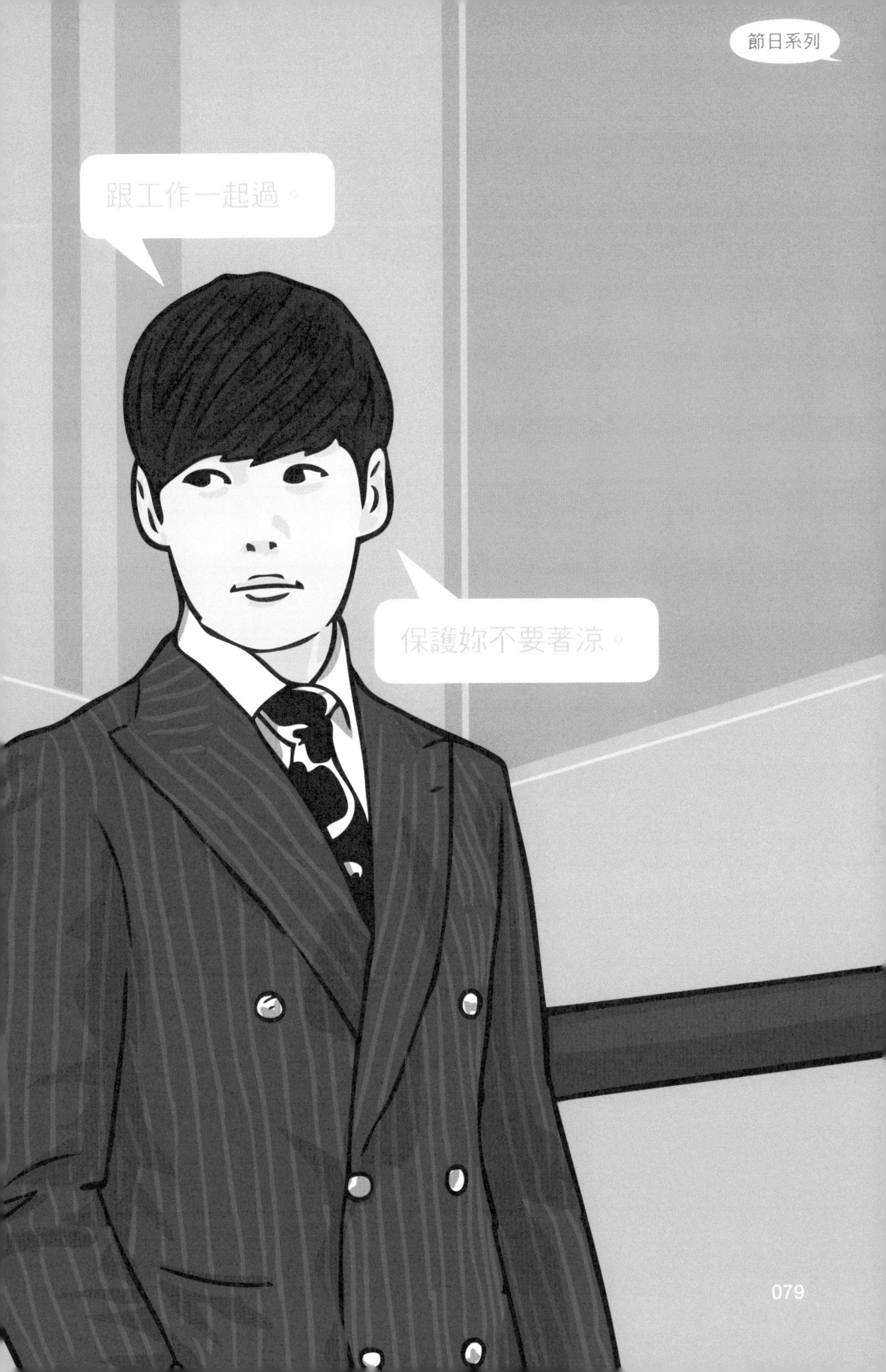
跟工作一起過。
保護妳不要著涼。

安太歲

今年屬蛇、屬豬的要安太歲。
妳屬什麼？

我屬於你。

收假

新年快樂！過年都在幹嘛？

我一直在吃。

吃什麼？

癡癡的等你。

你可以不要當聖誕老公公，當我聖誕老公好嗎？

太陽花

下午有課嗎?
要不要去立法院?

我不准妳去。

為什麼?

怕妳一不小心就占
領所有人的心。

搭乘手扶梯我都靠右邊站
何時出現我的Mr. Right？

列車行進時，請拉緊拉環或扶手。
不然就牽著我的手！

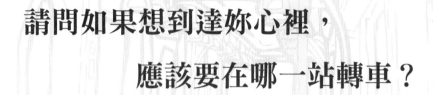

請問如果想到達妳心裡，

　　應該要在哪一站轉車？

哪裡人

我是台北人。

看起來不像。

那你覺得我像？

像我枕邊人。

公車司機

微恙

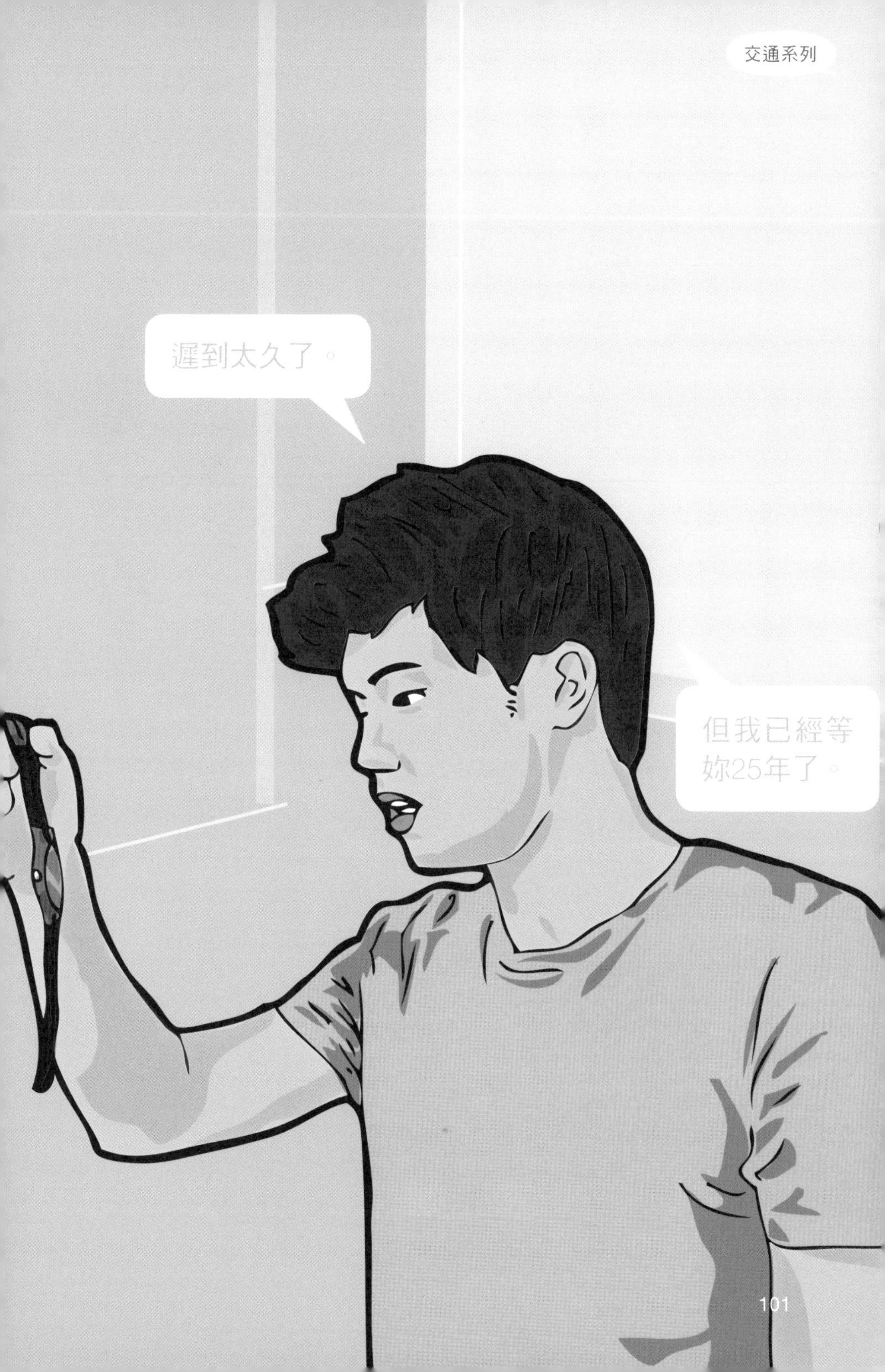
遲到太久了。
但我已經等妳25年了。

妳害我墜入愛河了。

幫我叫救護車！！

導助？排助？還是舞監助？

賢內助！

演出之前要暖心。

該把耳機接頭插在哪
才能聽到你的真心話？

服裝設計

妳看這件縫得怎樣？

這婚紗手工很細啊，
可是劇本裡有婚禮場嗎？

有啊，我跟妳那場。

學弟你幹嘛一直朝著我拜？

因為妳是我的女神。

FLY38桿降、

　右舞台演員進、

　　燈光CUE 42.6、

　　　音效執行愛我一輩子，請走。

Part.2

番外篇
喬老師告白打槍語錄

以子之矛，攻子之盾；
知己知彼，百戰不殆。

沒有這一位。

我對妳想壁咚就親
　　而妳對我卻避重就輕

啊！鞋帶掉了！

我以後一定會跟鬼才交往

因為每次跟女生告白她們都說：

鬼才會跟你交往

129

高雄日光、彰化舞凰之類的，她們的牽亡歌陣超精采的！！

Part.3

特別附錄
偶像團體CAB48

針對十二星座搭配四大血型的48位女孩，
推薦專屬約會地點、送禮小物以及告白法，
讓愛戀毫無死角，一箭穿過對方的心！

【牡羊座Ａ型】

衝動的星座加上保守的血型，讓奈々子在團體中的表現總是顯得猶豫不決，每次的總選舉排名也就不盡理想，原本跟團員們約好借酒澆愁，結果後來老毛病又犯了臨時反悔，前後矛盾，得趕快學會跟自己的兩面性格相處啊!!奈々子!!

奈々子

面對牡羊座Ａ型的女孩
推薦約會地點：請她推薦自己常去的店，在安心的狀況下才有餘裕好好聊天。
推薦送禮小物：小籤筒，在關鍵時刻能夠替她做決定。
推薦告白法：「我們可以談談嗎？」「談什麼？」「談戀愛。」（P012）
理由－不給她任何猶豫矛盾的空間。

【牡羊座Ｂ型】

團體中最勇於行俠仗義的應該就是リナ了，不僅會怒嗆握手會中插隊的粉絲，直腸子的個性也讓她成為綜藝節目的常客，但是偶爾不經大腦的發言，卻讓身旁團員以及公司聽得冷汗直流。試著收斂些不要害經紀人整天寫報告啊!!リナ!!

リナ

面對牡羊座Ｂ型的女孩
推薦約會地點：可以獨處的地方，只要有別人在她就自動開起糾察隊模式。
推薦送禮小物：線香，學著打坐修身養性。
推薦告白法：「你說話幹嘛那麼見外。」「那我把妳當賤內囉！」（P068）
理由－試著學她一樣直來直往不拐彎抹角。

【牡羊座 O 型】

團員中的傻大姐，雖然難免碰上挫折，但因為七瀨爽快、乾脆的個性，很快就能雨過天青，讓她就算在益智節目中把超簡單漢字寫錯，吃頓燒肉後也就忘記悔恨了，練舞時記不起舞步也總是吐吐舌頭帶過，但是下星期就演唱會了啊!!七瀨!!

面對牡羊座 O 型的女孩

推薦約會地點：海邊，她說只要看看海浪什麼不開心的事情都忘記了。

推薦送禮小物：體積大的，不然很快就搞丟了。

推薦告白法：「便當來了，你剛點什麼？」「我有點喜歡妳。」（P036）

理由－就算拒絕你，她還是很樂意一起吃午餐。

【牡羊座 AB 型】

被粉絲們稱為地下團長，她那充滿野心的做事態度及出眾氣質，讓美咲的表現絕不僅於偶像而已，連參加一萬元一個月生活錄影前也提早練習魚叉，只是偶爾也要試著聽聽別人的意見，參加大胃女王節目好玩就好，不要吃到吐啊!!美咲!!

面對牡羊座 AB 型的女孩

推薦約會地點：觀光工廠等可以長見聞的地方。

推薦送禮小物：瑜伽墊，等身心合一之後做起事情來會更加得心應手。

推薦告白法：「我想我們之間有過節。」「什麼事？我不記得跟你有過節。」「可是我想跟妳過情人節。」（P077）

理由－告白時氣勢可不能輸給她。

【金牛座Ａ型】

如果要選擇三個詞來形容杏的話，應該是
踏實、踏實、踏實吧！謀定而後動的個
性，在做決定時總會急死其他團員，但事
後總是證明她的眼光正確，最討厭虛偽和
故弄玄虛，所以主持的美食單元得罪了不
少店家。誠實也需要修飾啊!!杏!!

【金牛座Ｂ型】

樂天主義的さえこ繼承了父母的藝術家性
格，不汲汲營營在網路上經營粉絲、私底
下也少與其他團員往來，喜歡和自己相
處，倒也吸引了一批支持者（演唱會上最
冷靜不喊應援那群）。但連團員名字都記
不全也未免太誇張了吧!!さえこ!!

さえこ

面對金牛座Ａ型的女孩

推薦約會地點：外觀不起眼卻美味的店，
她喜歡老闆擇善固執有堅持的店。
推薦送禮小物：消耗品像是吸油面紙之類
的，實用度是最高原則之一。
推薦告白法：「妳要不要當我助理？」
「導助？排助？還是舞監助？」「賢內
助。」（P104）
理由－把她娶回家真的會成為賢內助。

面對金牛座Ｂ型的女孩

推薦約會地點：小巷探險往往會有很多新
發現喔。
推薦送禮小物：新奇的各式小物（如果是
純手工製品更好）。
推薦告白法：「上課可以不要一直玩樂器
嗎？」「我哪有！」「我的心弦都快被妳
撥斷了還說沒有。」（P009）
理由－面對她越有創意越好。

【金牛座 O 型】

標準日本人性格：保守、集體，新節目若沒有其他團員上過就不敢接，比起搶先衝過終點線，她更寧願混在人群裡一起達陣，最近煩惱的是贏了猜拳大賽，所以要發行個人單曲，但既然選擇了當偶像。就要爭取出風頭的機會啊！！真紀！！

真紀

面對金牛座 O 型的女孩

推薦約會地點：最保守的餐廳、電影、夜景路線。

推薦送禮小物：最流行的手套、圍巾等。

推薦告白法：「我跟妳買一樣的schedule本！可愛吧？」「對男生來說不會太娘嗎？」「但是可以跟妳過一樣的日子啊！」（P040）

理由－婉轉的表露自己的心意吧！

【金牛座 AB 型】

ツンデレ（傲嬌）最適合用來描述結衣，看似精打細算、鐵血無情，但底下是顆溫柔的心，如果演出中有團員絲襪被勾破，她會馬上拿出新的說：「給妳…不要以為我人很好白白送妳喔，一雙390日元！」做人有時候要老實點嘛！！結衣！！

結衣

面對金牛座 AB 型的女孩

推薦約會地點：她提過會大排長龍所以不想去的景點，這代表她超想去。

推薦送禮小物：逛街時曾嫌棄太貴的東西，表示她很在意。

推薦告白法：該把耳機接頭插在哪才能聽到你的真心話？（P108）

理由－等到時機成熟她就會告訴你了。

【雙子座Ａ型】

上一秒還在跟團員大聊八卦，下一秒就窩在角落看自己的書，與其說兩面性格，倒不如說早苗熱鬧的時候想安靜、安靜的時候想熱鬧，為了新聞資訊節目而辭去勞累的甲子園特派員工作，現在卻又懷念起高中球兒。妳說該怎麼辦啊!!早苗!!

早苗

面對雙子座Ａ型的女孩
推薦約會地點：夜市或美食街，讓她有大量選擇的機會。
推薦送禮小物：i-pad，可以自行去抓有興趣的app。
推薦告白法：「我們現在是在高雄嗎？」「你發什麼神經！」「不然怎麼看著妳，就感覺快跌入愛河了！」（P096）
理由－以她的個性，也許下次就約在高雄呢!!

【雙子座Ｂ型】

好奇心殺得死貓，但殺不死亞依，對於團員中最敢於挑戰嘗新的她來說，偶像的身分跟探險家的興趣完全不衝突，前一陣子外景感染瘧疾，在國外多待了幾周才回國，今天又興匆匆帶著新寵物蠍子來排練，可是其他團員快嚇昏啦!!亞依!!

亞依

面對雙子座Ｂ型的女孩
推薦約會地點：攀岩或高空彈跳。
推薦送禮小物：神祕的異國食物，但小心她要你一起吃。
推薦告白法：「我想在辦公桌上放個盆栽。你有推薦種什麼嗎？」「我可以幫妳種草莓。」（P038）
理由－只要你敢下挑戰書，她就敢接招。

【雙子座 O 型】

團員裡的雜學王，わかな對什麼都是三分鐘熱度，但反過來說對什麼也都略懂皮毛，從白血球談到保齡球，她永遠是節目的最愛，只是團員們才合資送了她想學的挪威語教材，卻又改口說學非洲的史瓦希利語，禮物很難買耶！！わかな！！

面對雙子座 O 型的女孩

推薦約會地點：基本上她會自己決定的樣子。

推薦送禮小物：隨時鎖定她的臉書，見面前一秒才能下最後判斷。

推薦告白法：「有流星快許願！」「在哪？」「搞錯了，原來是妳在眨眼睛。」（P025）

理由－她的心意也像流星一樣，稍縱即逝喔！

【雙子座 AB 型】

天生的千面女郎，讓她在戲劇演出上得到極高評價，但其實連相處多年的團員，都很難摸得清麻央的脾氣，早上來錄影時還擺著臭臉，午餐時間過後卻又笑顏逐開，到了晚上，兩杯黃湯還沒下肚就開始哭哭啼啼，現在又在演哪齣了！！麻央！！

面對雙子座 AB 型的女孩

推薦約會地點：電影院，百變的世界觀最適合她。

推薦送禮小物：色彩繽紛的萬花筒。

推薦告白法：「教官我偷東西了！」「你偷了什麼？」「我偷想妳！」（P030）

理由－想辦法讓她把視線移到你身上。

【巨蟹座Ａ型】

如果想知道現在時間或下周工作行程，問問重視原則的明日香準沒錯，戀家的她，最討厭製作單位不準時收工，害家裡的寵物貓得空等主人，一有假期就直奔老家。只是帶著貓，特地從沖繩搭飛機回北海道過一夜未免太拚了吧!!明日香!!

明日香

對巨蟹座Ａ型的女孩

推薦約會地點：她家，或者她家附近。

推薦送禮小物：寵物或家居相關用品，但記得要先上網做功課喔。

推薦告白法：「最近不是很流行分辨你是哪裡人嗎？」「我超擅長的。」「那你覺得我是哪裡人？」「妳絕對是我內人啊！」（P095）

理由－家的概念對她來說至關重要。

【巨蟹座Ｂ型】

以素顏美女而聞名，樸素的舞不喜歡過多妝點，平常也總是白T恤牛仔褲就出門了，討厭天花亂墜的她，對朋友也總是很快就推心置腹，只是似乎還不太擅長處理寂寞，總不能老是為了不想自己吃晚餐，就把成員們的電話打過一輪吧!!舞!!

舞

面對巨蟹座Ｂ型的女孩

推薦約會地點：大賣場，那裡什麼都有什麼都划算。

推薦送禮小物：無印良品系列。

推薦告白法：「你覺得這件好看還是剛那件好看？」「妳最好看。」「那你覺得黑色還是白色跟我比較配？」「我跟妳最配。」（P062）

理由－毛遂自薦，成為她身上最搶眼的配件。

【巨蠍座 O 型】

強烈的自我保護性格,讓エリー幾乎沒上過整人節目的當,不僅在休息室跟巴士上有專屬的位置,在心裡好像也有條界線:對線內的人掏心掏肺;線外則冷漠以對,讓她成為工作人員票選最害怕合作的團員,試著多放開心胸嘛!!エリー!!

エリー

面對巨蠍座 O 型的女孩

推薦約會地點:圖書館,那裡的安靜最合她意。

推薦送禮小物:先從巧克力等小東西送起吧!不然她就會馬上把你推出線外了。

推薦告白法:「請問如果想要到達妳心裡,應該要在哪一站換車呢?」(P094)

理由一就算到不了,或許還可以看看沿途美麗風景。

【巨蠍座 AB 型】

天然呆的京香會受歡迎,除了總是笑臉迎人外,更重要的是重視和諧的個性,像是為了節目效果,比賽時會偷偷放水,好人緣的她也是團員吵架時的和事佬,只是害怕衝突的個性,在發現無可調停時就會自動淡出。不要太快放棄啊!!京香!!

面對巨蠍座 AB 型的女孩

推薦約會地點:哪裡都好,記得要約共同的朋友一起,氣氛會更加分。

推薦送禮小物:送什麼都會表現出高興的樣子,反而有點傷腦筋呢!

推薦告白法:「有沒有防曬借一下?」「現在是晚上耶!」「妳笑起來太燦爛,我怕曬傷。」(P056)

理由一她會很配合的笑,說不定還會拿出太陽眼鏡借你說:「剛那句話太閃了。」

【獅子座Ａ型】

身為團長的希美，天生就適合吃這行飯，長相甜美、多才多藝，是好人緣的領導者代表，總選舉排名年年冠軍，但因為太容易被煽動，常讓她以為自己在伸張正義時，旁人看起來卻像是欺負弱者。真正的王者可是得令人心服口服的!!希美!!

面對獅子座Ａ型的女孩

推薦約會地點：可以鳥瞰城市夜景的餐廳。

推薦送禮小物：鑽石項鍊。

推薦告白法：「你幹嘛一直朝著我拜？」「因為妳是我的女神。」（Ｐ110）

理由－她的美注定教人膜拜。

【獅子座Ｂ型】

被媒體喻為最會理財的偶像，旺盛的企圖心以及勇往直前的毅力，讓かほ在股市大賺一筆，在訪問中笑稱演藝是副業，但天真的模樣碰到負面情緒時，就會變成任性，對於股匯市大跌過後的工作，她總提不起勁來。投資才是副業啦!!かほ!!

面對獅子座Ｂ型的女孩

推薦約會地點：各式工商展，可以觀察各產業趨勢。

推薦送禮小物：正式的鋼筆，讓她在每一次簽約時想起你。

推薦告白法：「終於報完稅了！」「妳男朋友被課了不少稅吧？」「你又知道了？」「因為能擁有妳的笑容，很奢侈啊！」（Ｐ048）

理由－讓她知道自己在別人心中的價值。

【獅子座 O 型】

座右銘是莎士比亞筆下的「人生如舞台」，重視氣派和排場的佳代，總是盡情揮灑自己的色彩，爽朗活潑的她，也很樂意為朋友兩肋插刀，但只是在節目上被其他來賓批評歌喉，就私下打電話反嗆，還是有點太衝了。冷靜點啦!!佳代!!

面對獅子座 O 型的女孩

推薦約會地點：意外的好像很喜歡色彩繽紛的廟會。
推薦送禮小物：一大束的鮮花，吸引眾人眼光。
推薦告白法：「妳為什麼總是對我那麼機車？」「那你怎麼還不來騎我？」（P042）
理由－她嗆你也得跟著嗆。

【獅子座 AB 型】

做事最有分寸的惠，面對愛情時卻截然不同，無視公司禁令，主動在推特上曬恩愛，她不在意被開除，但很在意周遭朋友的意見，要是有人提起男方不良紀錄，雖然笑笑帶過，回家後卻難過得睡不著覺。既然心意已決。就別太在意這些了!!惠!!

面對獅子座 AB 型的女孩

推薦約會地點：明明心意已決，卻好像還是想多聽各式占卜師的意見。
推薦送禮小物：手寫的小卡片，真誠為上，不要抄網路上肉麻的台詞。
推薦告白法：「跨年要怎麼過？」「跟工作一起過。」「這麼慘！什麼工作？」「保護妳不要著涼。」（P078）
理由－愛情對她來說是最堅強的堡壘，你的承諾勝過一切。

【處女座Ａ型】

講好聽是一絲不苟,不好聽就是龜毛難搞,唯的待人處事永遠跟梳妝台同樣整潔乾淨,擁有敏銳觀察力,認為世界非黑即白的她,眼中容不下任何歪曲,總是一針見血指出他人缺點,造成團員們相當大的壓力。沒有人是完美的嘛!!唯!!

唯

面對處女座Ａ型的女孩

推薦約會地點:現代美術館,偶爾也要體驗不那麼井井有條的美。

推薦送禮小物:時間精準的手錶。

推薦告白法:「學長,我剛加入這社團有什麼要注意的嗎?」「放學後不能跟我以外的男生去吃點心。」(P019)

理由-先訂下規則,她就會遵守。

【處女座Ｂ型】

執著小地方時,往往會失去大方向,比方說參加料理競賽節目時,為了完成可愛的紅蘿蔔雕花,結果整鍋咖哩都煮焦了,分析事情的能力雖然強,但也有固執己見的傾向,最後把自認為傑作的焦咖哩帶回家自己吃完,算妳狠!!亞梨沙!!

亞梨沙

面對處女座Ｂ型的女孩

推薦約會地點:百元均一價的商店,這樣子荷包才不會大失血。

推薦送禮小物:幫忙她保養車子、3C產品。

推薦告白法:「初次見面請多指教,請問妳以前是作文老師嗎?」「怎麼突然這樣問?」「因為我的人生剛剛被妳改寫了。」(P026)

理由-對她使用莫名其妙的戰術,成功率意外的高。

【處女座O型】

不管是演唱會音響出問題，還是熱情觀眾衝上台，すず都能冷靜沉著的處理突發狀況，前一陣子自願赴震災地當志工被偷拍，讓大眾對她的好感度直線上升，但為了怕被認為是沽名釣譽，因此揚言要對周刊提告。別那麼不近人情啦！！すず！！

面對處女座O型的女孩

推薦約會地點：動物園會讓她心花朵朵開。

推薦送禮小物：暖暖包，低調又貼心。

推薦告白法：「過年都在幹嘛？」「我一直在吃。」「吃什麼？」「癡癡的等妳。」（P085）

理由－戲棚下站久了就是你的。

【處女座AB型】

出身將棋世家的瑞穗，就像棋士般能讀到對手的想法，在益智競技比賽中殺遍四方，身穿的豹紋版制服（其他成員沒有），也成為網路拍賣的夢幻逸品，最近有節目突擊她的房間，結果淨是粉紅色系裝飾跟布娃娃，殺氣跑去哪啦！！瑞穗！！

面對處女座AB型的女孩

推薦約會地點：逃脫遊戲，她可以解讀出設計者的心思快速逃出。

推薦送禮小物：羊毛氈飾品，毛絨絨的最討喜。

推薦告白法：「一二三……木頭人！」「我死了。」「你沒動啊！」「跟妳對上眼我就心動了。」（P016）

理由－記得永遠要超乎她的意料之外。

【天秤座Ａ型】

待人和善有禮，連打噴嚏都能保持優雅，遙香心中有座天秤，一邊是星座的自由散漫，另一邊是血型的按部就班，只要保持平衡，她就是大家所公認的大和撫子。但累過頭失去平衡時，就會變得眼高手低、容易惱羞成怒。趕快休息吧!!遙香!!

面對天秤座Ａ型的女孩

推薦約會地點：茶道或插花活動不失為好選擇。

推薦送禮小物：蒸氣眼罩，勞累時幫助打起精神。

推薦告白法：「今天太陽好大！好適合曬書。」「我也想跟妳一起曬。」「你想曬什麼？棉被？枕頭？」「曬恩愛。」（P022）

理由－就連告白時，幽默跟情感也得要保持平衡。

【天秤座Ｂ型】

對夏子來說，工作是追求自我實現，而不是掙錢，所以在演藝事業上總是不夠積極，曾經讓公司很困擾，沒想到她所主持到各地商店街漫步的節目，據說因為散發著特別的閒散氣氛而大受好評，這可以說是塞翁失馬，焉知非福吧!!夏子!!

面對天秤座Ｂ型的女孩

推薦約會地點：可以坐著就不要站著，可以躺著就不要坐著。

推薦送禮小物：懶骨頭，不解釋。

推薦告白法：「「你知道明年同一時間我們要慶祝什麼嗎？」「20XX年？X年」「我們交往一周年。」（P076）

理由－對於感情她的態度一點都不散漫喔。

【天秤座 O 型】

光是整理劉海就需要半小時,對あさみ來說,不管是外在或內面,美永遠是最重要的,因此她也無法處理衝突之類會讓人留下壞印象的場面,像是最近搞笑節目玩遊戲的邀請,雖然知道會變醜,但就是無法拒絕經紀人,好懊惱啊!!あさみ!!

あさみ

面對天秤座 O 型的女孩

推薦約會地點:文青咖啡廳,這樣才能拍美美的照片打卡上傳。
推薦送禮小物:內容其次,但記得要花心思包裝。
推薦告白法:「不是說半糖嗎?」「有做成半糖啊?」「騙人,妳的微笑明明超級甜!」(P052)
理由一再迷人的真心都還是需要甜言蜜語來包裝的。

【天秤座 AB 型】

通過司法考試的萌,在律師、法官、檢察官外選擇了偶像之路,專業知識為自己爭取來了法律節目的主持工作,最近在雜誌封面上,身著黑套裝托眼鏡的樣子,蔚為流行,更是團員中手機待機畫面被下載次數最多的,真是了不起啊!!萌!!

萌

面對天秤座 AB 型的女孩

推薦約會地點:書店,她需要隨時補充專業知識。
推薦送禮小物:不曉得要送什麼書就乖乖買圖書禮卷吧!
推薦告白法:「來猜燈謎,題目是『妳』,猜地名。」「題目是我?想不到耶…答案是?」「梧棲。」(P080)
理由一要展現出自己不輸給她的文采。

【天蠍座 A 型】

推出處女作就成為暢銷百萬的懸疑作家，在電影版開拍的記者會上，玲奈表示書中殘忍的犯行，是種對日常不滿的發洩，得失心很重的她，也已經把排行榜上超越自己的作品仔細研究過，誓言下次討回來。先把毒刺收起來比較好啦!!玲奈!!

面對天蠍座 A 型的女孩

推薦約會地點：鬼屋，她對於如何讓人感到恐懼特別有興趣。

推薦送禮小物：不管送什麼她都猜得到……

推薦告白法：「如果我跟你媽同時掉進水裡，你先救誰？」「媽媽。」「那我呢？」「我一直抱著妳，怎麼可能掉下去呢？」（P065）

理由－別管先救誰，光是讓她落水這件事情你就有得受了。

【天蠍座 B 型】

若沒有進入演藝圈，最想從事的職業是禮儀師，千尋認為面對死者遠比活人要來得單純，擁有犀利的觀察力，但不會揭穿他人　隱藏在話語中的小心機，而是冷眼看世界，把真正的自己鎖在心底最深的房間裡，試著多跟這世界交流吧!!千尋!!

面對天蠍座 B 型的女孩

推薦約會地點：二手市集，每樣東西後面都有段故事。

推薦送禮小物：古著。她穿的從不是衣服，是時代。

推薦告白法：「今天的味道如何？」「有點太濃烈。」「怎麼會？我完全沒放味素啊。」「那有可能是吃到妳加的情愫了。」（P061）

理由－如果能打開心底最深的那房間，你就獲勝了。

【天蠍座 O 型】

說出口的承諾就絕對做到，瑠衣對少數自己所認定的朋友可是兩肋插刀，但同時也伴有強烈的占有欲，像是要好的攝影師在部落格中，稱讚其他團員所拍攝的寫真，她就急得打電話去問到底誰比較漂亮。不能凡事以自己為中心啦！！瑠衣！！

瑠衣

面對天蠍座 O 型的女孩

推薦約會地點：朋友都沒去過的私房景點，不然她可會開始比較了。

推薦送禮小物：手工訂製、獨一無二是最高指導原則。

推薦告白法：「妳一出現我就準備要下班放假了。」「Why？」「因為妳是我看過威力最強大的穿心颱。」（P034）

理由－要讓她知道自己是唯一。

【天蠍座 AB 型】

當團務會議陷入僵局一陣子後，みずき通常會丟出兩全其美的解決方法，或者冷冷說「再討論下去也沒意義」然後轉身離開，永遠理性冷靜的判斷能力，也讓公司極力拉攏她在引退後轉往行政工作，哪裡找這麼精明的職員啊！！みずき！！

みずき

面對天蠍座 AB 型的女孩

推薦約會地點：Buffet，她的裝盤跟食用的順序堪稱是藝術。

推薦送禮小物：手帳，重點在於內附表格貼紙是否實用。

推薦告白法：「當個助理什麼都不會！還有什麼不會的趕快說一說我教你。」「我不會讓妳哭，還不會讓別人欺負妳。」（P032）

理由－面對她時，偶爾示弱不失為好選擇。

【射手座Ａ型】

神準的塔羅牌占卜讓亞美成為休息室的寵兒，極富挑戰性格的星座讓她能夠掌握複雜多變的牌面、拘謹的血型則提供解牌時的精準遣詞，但最近自己占卜工作運勢時，發現未來算命會取代偶像成為主要收入來源，這樣可不妙啊!!亞美!!

亞美

面對射手座Ａ型的女孩

推薦約會地點：可以補充靈性的能量景點（Power Spot），例如廟宇或瀑布。

推薦送禮小物：各式御守、香火袋，就算當成吊飾也好看。

推薦告白法：「今年屬蛇、屬豬的要安太歲。你屬什麼？」「我屬於妳。」（P084）

理由－她追求的永遠是精神上最大的支柱。

【射手座Ｂ型】

就算在新幹線上，也會有工作人員緊盯著花音，好奇心異常旺盛的個性，往往稍不注意消失在眾人視線中，填寫節目問卷時，提到最近想挑戰編織，但是錄影時卻改口說園藝，現在要接受雜誌採訪了，卻不見蹤影，人跑去哪裡啦!!花音!!

花音

面對射手座Ｂ型的女孩

推薦約會地點：如果博物館有她最近注意的展，據說可以看上一整天。

推薦送禮小物：整人玩具，第二天馬上拿去學校/辦公室整同學/同事。

推薦告白法：「又在逛網拍？」「女孩的衣櫥永遠少一件衣服嘛！」「我知道，少的那件是我的襯衫。」（P050）

理由－有時候不按牌理出的那張牌才是王牌。

【射手座 O 型】

出身北海道的めぐみ，有著與雪國截然不同的熱情，永遠是最先跟工作人員交換私人電話的團員，只是若即若離的個性難免讓初識的朋友感到疑惑，明明昨天才通宵促膝長談，怎麼今天通訊軟體就已讀不回了，真是猜不透妳啊!!めぐみ!!

面對射手座 O 型的女孩

推薦約會地點：連問她的姊妹淘們應該都沒有正確答案……

推薦送禮小物：有關貓的小物，畢竟兩者同樣令人摸不透。

推薦告白法：「我覺得妳還是戴眼鏡比較好。」「為什麼？」「妳的眼睛太深邃，我怕不小心會跌進去。」（P024）

理由－她的神祕總是充滿魅力。

【射手座 AB 型】

同樣的店家不會去第二次，就算去了也不會點相同菜色，葵最喜歡在生活中尋找新鮮感，最近迷上搭電車到陌生的城市探險，但虎頭蛇尾、不擅自制的壞習慣，使得結局往往只是吃頓飯（而且總是點得太多）就打道回府了，多堅持一下吧!!葵!!

面對射手座 AB 型的女孩

推薦約會地點：約在火車站，直接跳上下一班列車吧！

推薦送禮小物：世界各大城市的旅遊指南，她會利用午休時間環遊世界。

推薦告白法：「我是台北人。」「看起來不像。」「那你覺得我像？」「像我枕邊人。」（P095）

理由－隨時給她新鮮感才是致勝之道。

【摩羯座Ａ型】

要不是朋友擅自幫忙報名甄選，杏樹應該會步上父母的腳步，成為稱職的鐵道員，專長是背誦時刻表的她，工作起來就像班準時的列車，逐一回覆粉絲的來信，為此挑燈夜戰，甚至影響到白天工作。認真之餘也要記得保持彈性啊!!杏樹!!

面對摩羯座Ａ型的女孩

推薦約會地點：有樂儀隊、衛兵交接的地方，那整齊劃一的動作總教她著迷。
推薦送禮小物：收納盒，方便她分類任何東西。
推薦告白法：最強的投手頂多三上三下，而妳總能讓我七上八下。（Ｐ060）
理由－想博取注意，首先就得打破她所習慣的邏輯。

【摩羯座Ｂ型】

會為了參加益智節目大肆購書的，大概只有ゆう子吧？認真的她，若是評估利弊後所做的決定，就絕對貫徹到底，但因為眼中只有目標，所以休閒娛樂都被視為浪費時間，全團到夏威夷旅行時，也只待在飯店閉關讀書。出來玩啦!!ゆう子!!

面對摩羯座Ｂ型的女孩

推薦約會地點：一起挑戰路跑吧！她會每天找你練習的。
推薦送禮小物：都要跑了，送上專業護具準沒錯。
推薦告白法：「你好有才華！功課好、又是校隊、還會音樂。有什麼是你不會的嗎？」「我不會離開妳。」（Ｐ010）
理由－讓她知道自己是你人生唯一的目標。

【摩羯座 O 型】

平日一板一眼的ひかり，只有唱卡拉OK時會卸下心防，就像點歌有順序一般（快歌、慢歌、CAB48自己的歌），她認為交朋友也應該要由淺而深，要是推開包廂看到自己沒有邀請的人，就馬上垮下臉來，現場氣氛超僵的啦!! ひかり!!

面對摩羯座 O 型的女孩

推薦約會地點：水族館，那裡的生物按照海域、深淺各自有規律的安靜生活著。
推薦送禮小物：一台小摺，她會按照心情決定每天的上下班路線。
推薦告白法：「好多堂課都碰到你喔!」「對啊!還有很多要修。」「你還差多少學分？」「十年修得同船渡，百年修得共枕眠。」（P008）
理由－面對她得慢慢來才好。

【摩羯座 AB 型】

馬拉松好手博美，也將配速策略運用到工作上，是團員們公認的學習榜樣，但思考模式過分實際，卻讓她有重視麵包勝過於愛情的傾向，總希望對象能給她一定的物質保障，雖然婚姻被形容成長期飯票，但可不是吃飽就沒問題啊!!博美!!

面對摩羯座 AB 型的女孩

推薦約會地點：採草莓，貼近自然，當場吃不完還可以作成果醬保存。
推薦送禮小物：增值性強的期貨基金是不錯選擇。
推薦告白法：「待會有空嗎？我有事情想找妳討論。」「什麼事？」「終身大事。」（P035）
理由－告白前最好先想好對兩人短、中、長期的規畫。

【水瓶座 Ａ 型】

曾經因為中了千萬彩券而引起轟動，志麻的偏財運好得讓人垂涎，但當感性戰勝理性時，花錢起來可一點都不手軟，最近終於下定決心節儉過日，沒想到錄影時又抽中環遊世界之旅，樽節計畫只好往後延了，也未免太讓人羨慕了吧!!志麻!!

志麻

面對水瓶座 Ａ 型的女孩

推薦約會地點：只要到了彩券行，她就是財神爺。

推薦送禮小物：存錢筒，雖說是零錢但還是能聚沙成塔的。

推薦告白法：「今晚真是大豐收！」「騙人，明明半隻蝦也沒釣到！」「但是我釣到一尾美人魚啊！」（P064）

理由－豪氣大方的告白才能讓她印象深刻。

【水瓶座 Ｂ 型】

對於北極熊或是貧童都一視同仁，只要有滿里奈在的地方就別想開冷氣，超商的找零也都要丟進捐款箱裡，她也常召集團員們到育幼院陪孩子，但要求大家都要到非洲擔任義工，似乎就有點強人所難，理想跟現實要抓到平衡喔!!滿里奈!!

滿里奈

面對水瓶座 Ｂ 型的女孩

推薦約會地點：到醫院、圖書館當義工是最有意義的。

推薦送禮小物：庇護工場的產品完全不會輸給一般商家喔！

推薦告白法：「為什麼妳要先開投影？」「演出之前要暖機。」「那妳幹嘛盯著我看？」「演出之前要暖心。」（P106）

理由－她的善良總是溫暖了所有人。

【水瓶座 O 型】

擔任反霸凌活動代言人的ひなの,看到工作人員被罵慘後,總會默默加入,一起把事情做好,之後不露痕跡在長官面前說幾句好話,然而好人緣的背後卻缺乏決斷力,無法拒絕屢次借錢不還的朋友,偶爾也要為自己著想啦!!ひなの!!

ひなの

面對水瓶座 O 型的女孩
推薦約會地點:社團活動或團康遊戲,她能夠調和炒熱現場氣氛。
推薦送禮小物:可以跟很多人一起分享的最好。(例如綜合口味的仙貝)
推薦告白法:「會議中請不要嬉笑。」「我沒有笑。」「但妳的眼睛有。」(P046)
理由─要讓她知道,只有她的地方就有歡笑。

【水瓶座 AB 型】

今年春天成為東大新鮮人的遙,是少見的理工系高智慧美女,除了透過實驗,發現傳聞鬧鬼的服裝間,其實只是燈泡短路外,她發明的自動充電裝置,也通過專利申請了,接下來想為了演唱會研發機器人,但別忘記重點還是在歌舞喔!!遙!!

遙

面對水瓶座 AB 型的女孩
推薦約會地點:北歐系家具店,她會向你解釋人體工學。
推薦送禮小物:有複雜機關的音樂盒,還可以附上一套工具讓她拆。
推薦告白法:「這兩個是怎麼接在一起的?」「先用白膠之後鎖上螺絲釘。」「那我跟妳呢?」(P112)
理由─誰說理工系女孩不愛浪漫的?

【雙魚座Ａ型】

把傘留給路邊一窩小狗，自己淋雨來錄影的詩織，認為付出真心前，不需要無謂的猜忌，因此她總是樂於幫助車站外自稱沒錢回家的旅客，沒想到其中一位居然就是CAB48的總製作人。雖然好人有好報，但還是別太輕易相信別人啊!!詩織!!

詩織

面對雙魚座Ａ型的女孩
推薦約會地點：她很樂意陪你去任何地方。
推薦送禮小物：雨傘，雖然她很快又會借給別人。
推薦告白法：「好痛！」「怎麼了？」「沒事！只是看到妳讓我心頭小鹿亂撞而已。」（P102）
理由－或許哪天她也會喊痛，只因為被愛神的箭射中。

【雙魚座Ｂ型】

給人的第一印象是拘謹，甚至有點拘泥，那是因為茜的腦袋裡有架攝影機，每當獨處時，就會自動播放，她仔細檢視對方的每個動作、每句話，十分在意別人對自己的看法，但對姊妹淘就完全鬆懈，只要心情不好就遷怒，攝影機跑去哪啦!!茜!!

茜

面對雙魚座Ｂ型的女孩
推薦約會地點：夜店，微醺後才不會畢恭畢敬的。
推薦送禮小物：一台相機，把不開心的事情留在底片上就好。
推薦告白法：「列車行進時，請拉緊拉環或扶手。不然就牽著我的手！」（P092）
理由－在拘泥中找出空隙，才能突破她的心防。

【雙魚座 O 型】

護理學校出身的真實，因為曾在握手會上替暈倒粉絲急救，因此獲得療癒系偶像的稱號，心思細膩懂得為他人著想，有時反而卻忘了自己的立場，像是有粉絲假裝暈倒被揭穿，她雖感困擾但還是幫忙說話，下次要學著更有主見喔!!真實!!

面對雙魚座 O 型的女孩

推薦約會地點：摩天輪，沒有旁人時她才會展現真正的自己。

推薦送禮小物：小紙條，不敢說的話可以寫下來貼給對方。

推薦告白法：「貨都卸完了嗎？」「還差一點，剩妳的心防。」（P044）

理由－戀愛就像戰爭，革命尚未成功，同志仍須努力。

【雙魚座 AB 型】

直到媒體報導，團員們才發現得獎無數的新銳女畫家，原來就近在眼前，絢的筆觸正如同她自己，是個多愁善感、幻化不定的奇妙世界，當初因為缺乏自信而選擇匿名，就連現在被邀請設計專輯封面，還很擔心會拖累銷量。不要再退縮啦!!絢!!

面對雙魚座 AB 型的女孩

推薦約會地點：下雨天的頂樓陽台，會感冒沒錯，但是很浪漫。

推薦送禮小物：記錄兩人相識至今點滴的影片。

推薦告白法：「妳看這件縫得怎樣？」「這婚紗手工很細啊，可是劇本裡有婚禮場嗎？」「有啊，我跟妳那場。」（P109）

理由－試著邀請她進入你的幻想世界吧！

喬老師告白語錄

作　　　者／喬老師
繪　　　者／兩天工作室
美 術 編 輯／申朗創意・游淞翰
責 任 編 輯／廖可筠
企畫選書人／廖可筠

總　編　輯／賈俊國
副 總 編 輯／蘇士尹
行 銷 企 畫／張莉滎・廖可筠

發　行　人／何飛鵬
出　　　版／布克文化出版事業部
　　　　　　台北市中山區民生東路二段141號8樓
　　　　　　電話：（02）2500-7008 傳真：（02）2502-7676
　　　　　　Email：sbooker.service@cite.com.tw
發　　　行／英屬蓋曼群島商家庭傳媒股份有限公司城邦分公司
　　　　　　台北市中山區民生東路二段141號2樓
　　　　　　書虫客服服務專線：（02）2500-7718；2500-7719
　　　　　　24小時傳真專線：（02）2500-1990；2500-1991
　　　　　　劃撥帳號：19863813；戶名：書虫股份有限公司
　　　　　　讀者服務信箱：service@readingclub.com.tw
香港發行所／城邦（香港）出版集團有限公司
　　　　　　香港灣仔駱克道193號東超商業中心1樓
　　　　　　電話：+852-2508-6231　　傳真：+852-2578-9337
　　　　　　Email：hkcite@biznetvigator.com
馬新發行所／城邦（馬新）出版集團 Cité (M) Sdn. Bhd.
　　　　　　41, Jalan Radin Anum, Bandar Baru Sri Petaling,
　　　　　　57000 Kuala Lumpur, Malaysia
　　　　　　電話：+603-9057-8822　　傳真：+603- 9057-6622
　　　　　　Email：cite@cite.com.my
印　　　刷／韋懋實業有限公司
初　　　版／2015年（民104）10月
售　　　價／280元

城邦讀書花園　布克文化
www.cite.com.tw　www.sbooker.com.tw